Kinderfragen
für Erstleser

UNTER WASSER

circon

Bildnachweis:

www.picture alliance.com: S. 59 u. (Geisler-Fotopress)

www.shutterstock.com: S. 3 o. (Devita ayu silvianingtyas), S. 3 m. (ArchMan), S. 3 u. (Anna Kucherova), S. 4 (3drenderings), S. 5 o. (Eric Isselee), S. 5 2., 3. v.o., 3. v.u. (lemono), S. 5 4. v.o. (Your Local Llamacorn), S. 5 2. v.u. (Antonov Maxim), S. 5 u. (MarijaPiliponyte), S. 6–13 o. (lemono), S. 6 u. (SergeUWPhoto), S. 7 m. (Galina Savina), S. 7 u. (Joan Carles Juarez), S. 8 u. (Jean Landry), S. 9 m. (CyberEak), S. 9 u. (Brent Barnes), S. 10 u. (wildestanimal), S. 11 m. (Marben), S. 11 u. (Kurit afshen), S. 12 m. (Studio 37), S. 13 u. (Lotus_studio), S. 14 o., 24 o., 32 o., 42 o. , 52 o. , 62 o. (Devita ayu silvianingtyas), S. 15 o., 25 o., 33 o., 43 o., 53 o., 63 o. (vectorplus), S. 16–23 o. (lemono), S. 16 u. (stockphoto-graf), S. 17 u. (Ed Jenkins), S. 18 m. (e2dan), S. 18 u. (Nature's Charm), S. 19 u. (Enessa Varnaeva), S. 20 m.l. (vkilikov), S. 20 m.r. (Mats Brynolf), S. 20 u. (Andrea Izzotti), S. 21 m. (Animalgraphy), S. 21 u. (slowmotiongli), S. 22 m. (Sergey Uryadnikov), S. 22 u. (prochasson frederic), S. 23 u. (Benito Juncal), S. 26–31 o. (Your Local Llamacorn), S. 26 u., S. 27 o. (Damsea), S. 27 u. (Karasev Viktor), S. 28 u. (EloyMR), S. 29 u. (Brandon B), S. 30 u. (Nina Milton), S. 31 u. (Dirk Ott), S. 34–41 o. (lemono), S. 34 u. (SergeUWPhoto), S. 35 m. (digitalbalance), S. 35 u. (Diego Grandi), S. 36/37 u. (EreborMountain), S. 38 m. (Liliya Butenko), S. 38 u. (3DMI), S. 39 u. (Konstantin G), S. 40 m. (Rich Carey), S. 40 u. (World-Wide-Photography), S. 41 u. (Hatteviden), S. 44–51 o. (Antonov Maxim), S. 44 u. (Designua), S. 45 u. (Frans Delian), S. 46 m. (Yvonne Baur), S. 46 u. (Shane Myers Photography), S. 47 u. (Puripat Lertpunyaroj), S. 48 u. (Amadeu Blasco), S. 49 u. (Myroslava Bozhko), S. 50 u. (WindVector), S. 51 u. (Alones), S. 54–61 o. (MarijaPiliponyte), S.54 u. (Daniel Eskridge), S. 55 u. (DOERS), S. 56 m. (bearacreative), S. 56 u. (olgagorovenko), S. 57 m. (Fer Gregory), S. 57 u. (noraismail), S. 58 m.l. (lightmax84), S. 58 m.r., u., S. 59 m.l., m.r. (Everett Collection), S. 60 u. (Pattern Trends), S. 61 u. (Marco Taliani de Marchio)

www.stock.adobe.com: S. 12 u. (tsuyoshi kaminaga/EyeEm)

Baierbrunner Straße 27, 81379 München
Ausgabe 2023

Text: Birgit Kuhn
Redaktion: Felicitas Szameit
Fachredaktion: Heidi Schooltink
Produktion: Ute Hausleiter
Abbildungen: siehe Bildnachweis oben
Titelabbildungen: www.shutterstock.com/Lotus_studio (Foto vorn), Devita ayu silvianingtyas (Satzzeichen), Triduza Studio (Bild hinten)
Gestaltung: FSM Premedia, Münster
Umschlaggestaltung: FSM Premedia, Münster

ISBN 978-3-8174-4359-8
381744359/1

Besuchen Sie uns auf Instagram und Facebook:
circonverlag

www.circonverlag.de

Vorwort

Du liebst Seen und das Meer und möchtest wissen, was unter Wasser passiert? Fragst du dich, wie Fische und andere Wassertiere unter Wasser leben können, ohne zu ersticken? Möchtest du herausfinden, was sich am Meeresgrund verbirgt? Glaubst du, dass im Wasser auch Gefahren lauern? Hier erfährst du alles über das Leben und die Geheimnisse unter Wasser.

Und das Beste: Du kannst dabei das Lesen üben! Auf Quizseiten kannst du überprüfen, ob du alles richtig verstanden hast.

Viel Spaß beim Lesen und Rätseln!

Inhalt

Wo leben Fische?

Fische leben unter Wasser. Es gibt sie im Süßwasser, also in Seen und Flüssen. Sie leben aber auch im Salzwasser, also im Meer. An Land können Fische nicht überleben.

Wie bekommen Fische Babys?

Bei den meisten Fischen legen die Weibchen Eier ins Wasser ab. Das Männchen befruchtet die Eier außerhalb des Körpers der Weibchen. Aus einem befruchteten Ei entwickelt sich eine Larve, das ist ein kleiner Fisch. Dieser hat einen dicken Dottersack am Bauch. Darin ist sein Futter. Nach und nach bilden sich die Flossen und die Organe. Nach etwa sechs Wochen ist der Dottersack aufgegessen und der Fisch ist fertig entwickelt.

Beim Kieferfisch werden die Eier im Wasser befruchtet. Nach der Befruchtung brütet das Männchen die Eier zum Schutz vor Feinden im Maul aus.

Wie bekommen Fische Luft?

Fische haben ein besonderes Organ: die Kiemen. Während Fische ihr Maul öffnen und schließen, strömt Wasser hinein und fließt an den Kiemen vorbei wieder aus dem Körper hinaus. Dabei nehmen sie Sauerstoff aus dem Wasser auf und geben Kohlenstoffdioxid ab. Sie atmen also gleichzeitig ein und aus.

Warum haben Fische Schuppen?

Schuppen sind dünne Knochenplatten. Sie liegen wie Dachziegel übereinander und sind mit einer dünnen Schleimhülle bedeckt. Sie sorgen dafür, dass Fische sich nicht verletzen, wenn sie an felsigen Küsten oder in Korallenriffen schwimmen.

Die Schuppen halten auch Krankheitserreger und Parasiten ab.

Sind Fische stumm?

Sind Fische stumm oder hören wir sie nur nicht? Tatsächlich machen Fische Geräusche. Sie knirschen mit den Zähnen, stoßen Wasser aus dem Maul aus und blubbern. Oder sie lassen Luft aus der Schwimmblase, einer mit Luft gefüllten Blase im Bauch, ab. Das ergibt eine Art Pups. Manche Fische sind nach den Geräuschen, die sie machen, benannt: zum Beispiel der Knurrhahn. Er gibt mit seiner Schwimmblase knurrende Laute von sich.

Fische haben ein besonderes Organ, die Seitenlinie. Mit diesem können sie Druckwellen spüren. Auch Laute verursachen solche Druckwellen. Mit dem Seitenlinienorgan können Fische sogar hören, woher ein Geräusch kommt und wie laut es ist.

Warum schwimmen Fische oft im Schwarm?

Das Schwimmen im Schwarm spart Kraft. Einzelne Fische sind außerdem für Raubfische schlecht zu erkennen. Sobald ein Fisch einen Feind sieht, gibt er die Information an die anderen Fische weiter. So können sie schnell wegschwimmen.

Im Schwarm ist der einzelne Fisch gut geschützt.

Wie weit können Fische fliegen?

Fische können fliegen? Ja, aber nur einige. Es gibt etwa 40 Arten Fliegender Fische. Flügel haben sie aber nicht. Nachdem sie aus dem Wasser gehüpft sind, segeln sie mit ihren großen Brustflossen über die Wasseroberfläche. Dabei können sie bis zu 200 Meter zurücklegen.

Wie gefährlich sind Haie?

Gefährlich ist der Hai vor allem für andere Fische und Meerestiere. Der Mensch steht nicht auf der Liste seiner Beutetiere. Dennoch gibt es jedes Jahr rund 80 Unfälle, bei fünf bis zehn davon stirbt ein Mensch. Haie, die über zwei Meter groß sind, können einen Menschen ernsthaft verletzen.

Wenn Haie im Kampf einen Zahn verlieren, wächst ein neuer Zahn nach.

Warum Haie Menschen angreifen, wissen die Forscherinnen und Forscher nicht genau. Sie vermuten, dass Haie Surfer oder Schwimmer mit ihrer Beute verwechseln. Oder ein Schwimmer oder Taucher ärgert unbewusst einen Hai, und der beißt zu. Es ist auch möglich, dass Haie bei einem Angriff nur ihr Revier verteidigen.

Warum besteht der Fetzenfisch aus „Fetzen“?

Dieses „zerfetzte“ Tier ist tatsächlich ein Fisch. Sein komisches Aussehen mit herabhängenden „Blättern“ dient der Tarnung. Fetzenfische sind zwischen Algen und Seegräsern kaum zu erkennen.

Woher hat der Clownfisch seinen Namen?

Der Clownfisch heißt so, weil er so bunt aussieht. Clownfische leben zwischen Seeanemonen. Hier sind sie gut vor Feinden geschützt, die die giftigen Nesselzellen der Anemone fürchten. Umgekehrt passt der Clownfisch auf, dass Räuber die Anemone nicht anknabbern.

Eine solche Gemeinschaft, von der beide Partner Vorteile haben, heißt Symbiose.

Warum schwimmen Seepferdchen aufrecht?

Seepferdchen leben in Wiesen aus Seegras. Weil sie aufrecht schwimmen, sind sie zwischen den langen Blättern des Seegrases perfekt getarnt. Sie bewegen sich nur mit der Rückenflosse vorwärts. Ihre Schwanzflosse ist ein Greifschwanz. Mit ihr halten sie sich an den Blättern fest.

Seepferdchen schwimmen mit der Rückenflosse.

Wozu braucht der Sägerochen seine Säge?

Der Sägerochen setzt seine Säge beim Beutefang ein. Dazu schwimmt er in einen Schwarm Fische hinein und schlägt mit der Säge um sich. Anschließend verspeist er die verletzten oder toten Fische.

Müssen Fische trinken?

Nur Fische, die im Salzwasser leben, trinken. Warum? Meerwasser ist salzhaltiger als die Körperflüssigkeit der Fische. Deswegen geben Meeresfische automatisch ständig Wasser ab, zum Beispiel über die Kiemen. Dieser Vorgang heißt Osmose. Da auch Fische für ihren Stoffwechsel Wasser brauchen, müssen sie das verloren gegangene Wasser ersetzen und trinken.

Süßwasserfische trinken nicht. In ihren Körpern ist viel mehr Salz als in dem Süßwasser, in dem sie schwimmen. Deshalb nehmen sie automatisch viel mehr Wasser auf, als sie brauchen, und scheiden es wieder aus.

Wissensquiz

Was fehlt hier? Setze die richtigen Wörter ein.

Viele Fische schwimmen im ____________________,

um besser geschützt zu sein. Damit Fische sich

nicht verletzen, ist ihr Körper mit ________________

bedeckt. Fische atmen nicht mit der Lunge, sondern

mit __________________. Das komische Aussehen

der Fetzenfische dient der __________________.

Nur ___________________ trinken, weil ihre Körper

im ___________________ Flüssigkeit verlieren.

Meeresfische

Schuppen

Tarnung

Kiemen

Salzwasser

Schwarm

Teste dein Wissen! Kreuze das richtige Kästchen an.

1. Wovon ernähren sich Fischlarven?

a) Sie fressen die Eier anderer Fische. ☐

b) Sie fressen Algen. ☐

c) Sie bedienen sich am Dottersack, der am Bauch hängt. ☐

2. Womit bewegen sich Seepferdchen vorwärts?

a) mit der Schwanzflosse ☐

b) mit der Rückenflosse ☐

c) mit dem Kopf ☐

3. Wozu benutzt der Sägerochen seine Säge?

a) Er nutzt sie zum Fangen von Fischen. ☐

b) Er sägt sich einen Schlafplatz in den Sand. ☐

c) Er sägt Blätter von Pflanzen ab. ☐

4. Mit wem bilden Clownfische eine Symbiose?

a) mit Seealexandras ☐

b) mit Meeresanemonen ☐

c) mit Seeanemonen ☐

Lösungen: Schwarm, Schuppen, Kiemen, Tarnung, Meeresfische, Salzwasser
1. c), 2. b), 3. a), 4. c)

Sind Korallen Tiere?

Korallen sehen aus wie Blumen unter Wasser. Sie sind aber keine Pflanzen. Korallen bestehen aus winzigen Tieren, Polypen genannt. Steinkorallen bilden Skelette aus Kalk und können Riffe bilden.

Wer lebt im Korallenriff?

Zwischen den Korallen finden Algen, Moostierchen, Schnecken, Würmer, Muscheln, Seesterne, Seeigel, Krebse und Fische Futter und Unterschlupf. Wo viele kleine Tiere sind, leben aber auch Jäger, zum Beispiel Muränen, Tintenfische und Haie. Nicht zu vergessen sind die Meeresschildkröten. Sie verhindern, dass Seegras die Korallen überwuchert.

Das größte Korallenriff ist das Great Barrier Reef.

Wie weit können Meeresschildkröten schwimmen?

Meeresschildkröten wandern durch die Ozeane, indem sie den Meeresströmungen folgen. Weibliche Schildkröten schwimmen zur Eiablage teilweise mehr als 7000 Kilometer weit. Sie legen ihre Eier nämlich immer an dem Strand ab, an dem sie selbst geschlüpft sind.

Meeresschildkröten leben im Wasser. Sie gehen nur zur Eiablage an Land.

Warum tut es weh, wenn du eine Qualle berührst?

Ist es dir schon passiert? Du berührst eine Qualle, und es brennt und juckt. Schuld daran sind die Nesselzellen auf den Tentakeln der Quallen. Bei Berührung geben sie ein Gift ab. Mit ihm verteidigen sich die Quallen oder lähmen Beutetiere. Bei vielen Quallen ist das Gift allerdings so schwach, dass du es gar nicht merkst.

Kann man Seegurken essen?

Seegurken sind Tiere, die aussehen wie Gurken und unter Wasser leben. Und man kann sie tatsächlich essen. Sie schmecken auch und sind sehr gesund. In Asien, vor allem in China, werden Seegurken gern gegessen.

Seegurken können nur drei Millimeter klein sein oder bis zu zwei Meter groß werden.

Wieso laufen Krabben seitwärts?

Krabben haben acht Laufbeine, links und rechts vier. Aufgrund ihres kurzen Körpers stehen die vier Beine auf jeder Seite eng hintereinander. Der Abstand zwischen den Beinen von einer Seite zur anderen ist größer als auf einer Seite. Daher machen sie im Seitwärtsgang größere Schritte und kommen schneller voran.

Wie lange können Robben unter Wasser bleiben?

Robben sind Säugetiere. Sie haben eine Lunge und müssen zum Atmen auftauchen. Besonders lange und tief tauchen Klappmützenrobben – bis zu 1 000 Meter tief und 60 Minuten lang. In ihrem Blut können Robben sehr viel Sauerstoff speichern. Dazu kommt, dass sie unter Wasser nicht viel Sauerstoff brauchen.

Wenn Robben abtauchen, schalten sie die Lunge und andere Organe ab, die sie während des Tauchens nicht brauchen.

Was macht ein Seestern, wenn er angegriffen wird?

Seesterne stehen auf dem Speiseplan von Fischen, Krebsen und Möwen. Es passiert immer wieder, dass ein Seestern an einem seiner fünf Arme gepackt wird. Dann wirft er den verletzten Arm ab und flieht. Der fehlende Arm wächst wieder nach.

Warum sind Wale und Delfine keine Fische?

Wale und Delfine sind Säugetiere. Die Weibchen bekommen lebende Junge, die sie säugen. Die Jungen der Delfine bleiben etwa drei Jahre bei ihren Eltern.

Wale und Delfine haben – wie wir Menschen – eine Lunge. Daher müssen sie immer wieder an die Wasseroberfläche kommen, um zu atmen. Dabei stoßen sie die verbrauchte Luft in Form einer Fontäne aus Dampf aus.

Damit kein Wasser in die Lungen kommt, schließen die Tiere beim Untertauchen die Nasenlöcher. Wale und Delfine springen oft und gern komplett aus dem Wasser.

Wenn Wale und Delfine schlafen, ist immer abwechselnd eine Gehirnhälfte wach. Die andere schläft. Denn sie müssen auch im Schlaf immer wieder an die Oberfläche schwimmen und atmen.

Anders als bei Fischen ist die Körpertemperatur von Walen und Delfinen immer gleich hoch. Damit die Tiere im kalten Wasser nicht auskühlen, haben sie eine dicke Fettschicht unter der Haut. Diese Fettschicht nennt man Blubber.

Gibt es Vögel, die im Wasser leben?

Pinguine sind Vögel, die an das Leben im Wasser angepasst sind. Die meisten Pinguine kommen nur zum Brüten an Land. Im Wasser benutzen sie ihre Flügel ähnlich wie Flossen.

An Land sind Pinguine eher unbeholfen, ...

Die größten und schwersten Pinguine sind die Kaiserpinguine in der Antarktis. Die schnellsten Schwimmer sind mit knapp 30 Kilometern pro Stunde die kleineren Eselspinguine. Tauchen können wieder die Kaiserpinguine am besten: 18 Minuten lang und bis zu 500 Meter tief. Dann müssen sie zum Luftholen an die Oberfläche.

... im Wasser sind sie dafür umso schneller und geschickter.

Warum liegen am Strand so viele Muscheln?

Die Muschelschalen sind das Skelett, also die Knochen, der Muschel. Sie umhüllen die Tiere und schützen den weichen Körper. Bei den Muscheln am Strand fehlt allerdings der Körper. Der Grund: Muscheln leben auf oder im Meeresboden. Wenn die Tiere tot sind, spült das Meer die leeren Schalen an den Strand.

Besteht der Tintenfisch aus Tinte?

Tintenfische sind Kopffüßer und keine Fische. Ihre Füße, oder besser gesagt ihre langen Fangarme, sind am Kopf festgewachsen. Und die Tinte? Wenn es gefährlich wird, stoßen Tintenfische eine dunkle Flüssigkeit aus. So sind sie für ihre Feinde unsichtbar und können sich in Sicherheit bringen.

Tintenfische haben acht oder zehn Arme.

Wissensquiz

Was fehlt hier? Setze die richtigen Wörter und Zahlen ein.

Korallen bestehen aus winzigen Tierchen, den ______________________. Weil sie so schneller vorankommen, laufen ______________________ seitwärts. Klappmützenrobben können bis zu ____________ Minuten lang unter Wasser bleiben. Pinguine sind ______________________ und benutzen ihre Flügel wie ______________________ zum Schwimmen. Wale und Delfine sind keine Fische, sondern ______________________.

Flossen

Krabben

60

Vögel

Säugetiere

Polypen

Teste dein Wissen! Kreuze das richtige Kästchen an.

1. Wie viele Laufbeine haben Krabben?

a) acht

b) zehn

c) sechs

2. Wo legen Meeresschildkröten ihre Eier ab?

a) auf dem nächstgelegenen Felsen

b) an dem Strand, an dem sie geschlüpft sind

c) ausschließlich in Korallenriffen

3. Wie heißt die Fettschicht von Walen und Delfinen?

a) Geblase

b) Spucke

c) Blubber

4. Welches Tier kann bei Gefahr eine dunkle Flüssigkeit ausstoßen?

a) der Schwarzfisch

b) der Gespensterfisch

c) der Tintenfisch

Lösungen: Polypen, Krabben, 60, Vögel, Flossen, Säugetiere
1. a), 2. b), 3. c), 4. c)

Warum gibt es unter Wasser viel mehr Tier- als Pflanzenarten?

Wie gut Pflanzen wachsen können, hängt vom Sonnenlicht ab. Je mehr Licht es gibt, umso besser können Pflanzen wachsen. Das gilt sowohl an Land als auch im Wasser. Ab 200 Metern Tiefe kommen keine Sonnenstrahlen mehr durchs Wasser.

Unter Wasser kann es ganz schön bunt aussehen.

Es können keine Pflanzen mehr wachsen. Ab etwa 1 000 Metern ist es absolut dunkel. In den tiefen Regionen der Meere und Seen gibt es also keine Pflanzen. Aber hier leben viele Tierarten. Deshalb kann man davon ausgehen, dass es unter Wasser mehr Tier- als Pflanzenarten gibt.

Welche Pflanzen gibt es unter Wasser?

Gewässer sind voller Pflanzen und pflanzenähnlicher Lebewesen. Die meisten sehen wir nicht. Mit der Strömung treibende Algen sind winzig klein. Pflanzen mit Wurzeln kommen in Seen und Meeren nur dort vor, wo es auf dem Boden genug Licht gibt.

Algen sind pflanzenartige Lebewesen.

Warum sind Algen so wichtig?

Algen produzieren nicht nur Sauerstoff. Sie „schlucken“ auch Kohlenstoffdioxid. Dies ist ein Gas, das zum Klimawandel beiträgt. Und sie sind eine Futterquelle für die Tiere im Wasser, für Jungtiere und für Krebse, Fische, Schildkröten und Wale.

Lecker!

Warum haben Wasserpflanzen schwache Wurzeln?

An Land verankern Wurzeln die Pflanzen im Boden. Und sie versorgen sie mit Wasser und Nährstoffen. Wasserpflanzen nehmen die Nährstoffe nicht nur über die Wurzeln, sondern auch über die Blätter auf. Wasser haben sie sowieso immer. Es reicht also, wenn die Wurzeln die Pflanzen festhalten, damit sie nicht mit der Strömung oder den Wellen forttreiben.

Wie groß ist die größte Wasserpflanze?

Es ist das Seegras in der Shark Bay vor der Küste Australiens. Dieses Seegras ist eine einzelne Pflanze. Sie hat sich über mehr als 4000 Jahre immer weiter ausgebreitet. Inzwischen ist der Pflanzenteppich über 180 Kilometer lang und breit.

Seegräser können ganze Wiesen bilden.

Gibt es im Meer Wälder?

Im Meer gibt es Wälder, aber dort wachsen keine Bäume. Die Wälder der Meere sind Wälder aus Seetang. Seetang sind Arten von Algen. Sie bilden lange, breite Blätter. Tangwälder, auch Kelpwälder genannt, sind die Urwälder der Meere. Der Riesentang wächst bis zu 30 Zentimeter am Tag. Er kann so groß wie ein Baum werden, bis zu 45 Meter hoch.

Fische in einem Kelpwald

Kelpwälder sind ein Lebensraum für sehr viele verschiedene Tierarten. Und sie sind sehr wichtig für das Klima: Wie die Regenwälder in den Tropen speichern Kelpwälder klimaschädliches Kohlenstoffdioxid.

Blüht Seegras unter Wasser?

Seegräser blühen tatsächlich unter Wasser. Sie sind die einzigen Blütenpflanzen, die zuerst an Land lebten und die sich über Millionen Jahre an das Leben im Salzwasser angepasst haben. Wenn sie unter Wasser blühen, verbreitet die Strömung die Pollen. Dabei werden die Blüten bestäubt. Aus den Blüten entwickeln sich Nussfrüchte.

Ist Seegras gut für die Umwelt?

Seegraswiesen sind Lebensraum für junge Fische, Muscheln, Krebse und viele andere Tierarten. Dazu kommt, dass sie das Meerwasser reinigen und große Mengen des Treibhausgases Kohlenstoffdioxid aufnehmen.

Sind Unterwasserpflanzen gefährlich?

Wenn du im See schwimmst, kann es passieren, dass du mit deinen Füßen plötzlich auf etwas triffst – oh, eine Pflanze! Viele bekommen dann Angst, dass sich die Pflanze um ein Bein schlingt. Aber keine Bange! In den Seen gibt es keine gefährlichen Pflanzen. Einfach die Pflanze abstreifen und weiterschwimmen!

Pflanzen in Seen sind ungefährlich.

Gibt es Leben im Grundwasser unter der Erde?

Im Grundwasser leben nicht nur rund 250 Tierarten, sondern auch Bakterien und Protozoen. Protozoen sind Lebewesen, die nur aus einer Zelle bestehen. Unser Grundwasser wird kontrolliert und aufbereitet. Deshalb ist Wasser aus dem Hahn sauber.

Wissensquiz

Was fehlt hier? Setze die richtigen Wörter und Zahlen ein.

Pflanzen wachsen unter Wasser nur dort, wo es genügend ______________ gibt. Unterhalb von etwa ________ Metern ist es zu dunkel. Pflanzen unter Wasser nehmen die Nährstoffe nicht nur mit den ______________, sondern auch über die ______________ auf. Algen treiben mit der ______________. Das ______________ bildet im Meer große Wiesen. Dort leben viele verschiedene ______________.

Tierarten 200 Seegras Wurzeln

Sonnenlicht

Strömung

Teste dein Wissen! Kreuze das richtige Kästchen an.

1. Was sind Algen?

a) pflanzenartige Lebewesen ☐

b) Tiere ☐

c) Pflanzen ☐

2. Welche Pflanzenart lebte zuerst an Land und „wanderte“ dann ins Meer?

a) Pilze ☐

b) Seegras ☐

c) Algen ☐

3. Wo wächst die größte Wasserpflanze?

a) vor Südafrika ☐

b) vor Australien ☐

c) vor Kalifornien ☐

4. Woraus sind die Wälder der Meere?

a) aus Seerosen ☐

b) aus Seegras ☐

c) aus Seetang ☐

Lösungen: Sonnenlicht, 200, Wurzeln, Blätter, Strömung, Seegras, Tierarten
1. a), 2. b), 3. b), 4. c)

Was ist die Tiefsee?

Als Tiefsee werden die Bereiche des Meeres bezeichnet, in die kein Sonnenlicht mehr kommt. Das ist ab 200 Metern Tiefe der Fall.

Wie wird die Tiefsee erforscht?

Die Tiefsee ist dunkel und kalt. Je tiefer man taucht, umso höher wird der Wasserdruck. Nur mit einem Taucheranzug am Körper würde man erdrückt werden. Deshalb benutzt man U-Boot-Kapseln. Damit konnten Forscher schon vor 60 Jahren bis an die tiefste Stelle des Meeres in fast 11 000 Metern gelangen. Heute werden auch Tauchroboter benutzt. Mit ihren Kameras machen sie Filmaufnahmen und senden sie zum Forschungsschiff.

Anglerfische und Schwämme in der Tiefsee

Was lebt in der Tiefsee?

Tiefsee-Oktopus

In der Tiefsee gibt es viele verschiedene Tierarten, Bakterien und Einzeller. Im Wasser tummeln sich Fische, Quallen und Tintenfische. Am Boden des Meeres leben Muscheln, Borstenwürmer und Seegurken. Wissenschaftlerinnen und Wissenschaftler glauben, dass im Schlamm noch Millionen Tierarten verborgen sind.

Viperfisch

Warum gibt es in der Tiefsee keine Pflanzen?

Wenn du Pflanzen zu Hause hast, weißt du: Sie wachsen zum Licht. Es liefert ihnen die Energie, die sie zum Wachsen brauchen. Ins Wasser kann nur wenig Sonnenlicht vordringen. Je tiefer das Wasser ist, umso weniger Licht gibt es. Ab etwa 200 Metern Tiefe können Pflanzen nicht überleben.

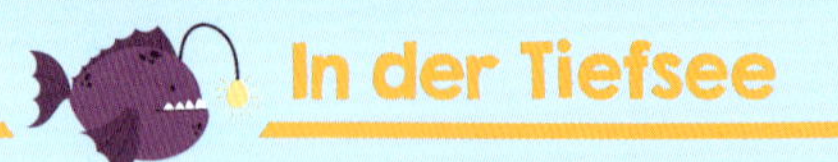

Die Weltmeere und ihre Zonen

Mehr als zwei Drittel der Erde sind von Meer bedeckt. Es gibt fünf große Ozeane: den Atlantischen, den Pazifischen, den Indischen, den Arktischen Ozean und das Südpolarmeer. Dazu kommen kleinere Meere, wie etwa die Nordsee, die Ostsee, das Mittelmeer und das Schwarze Meer.

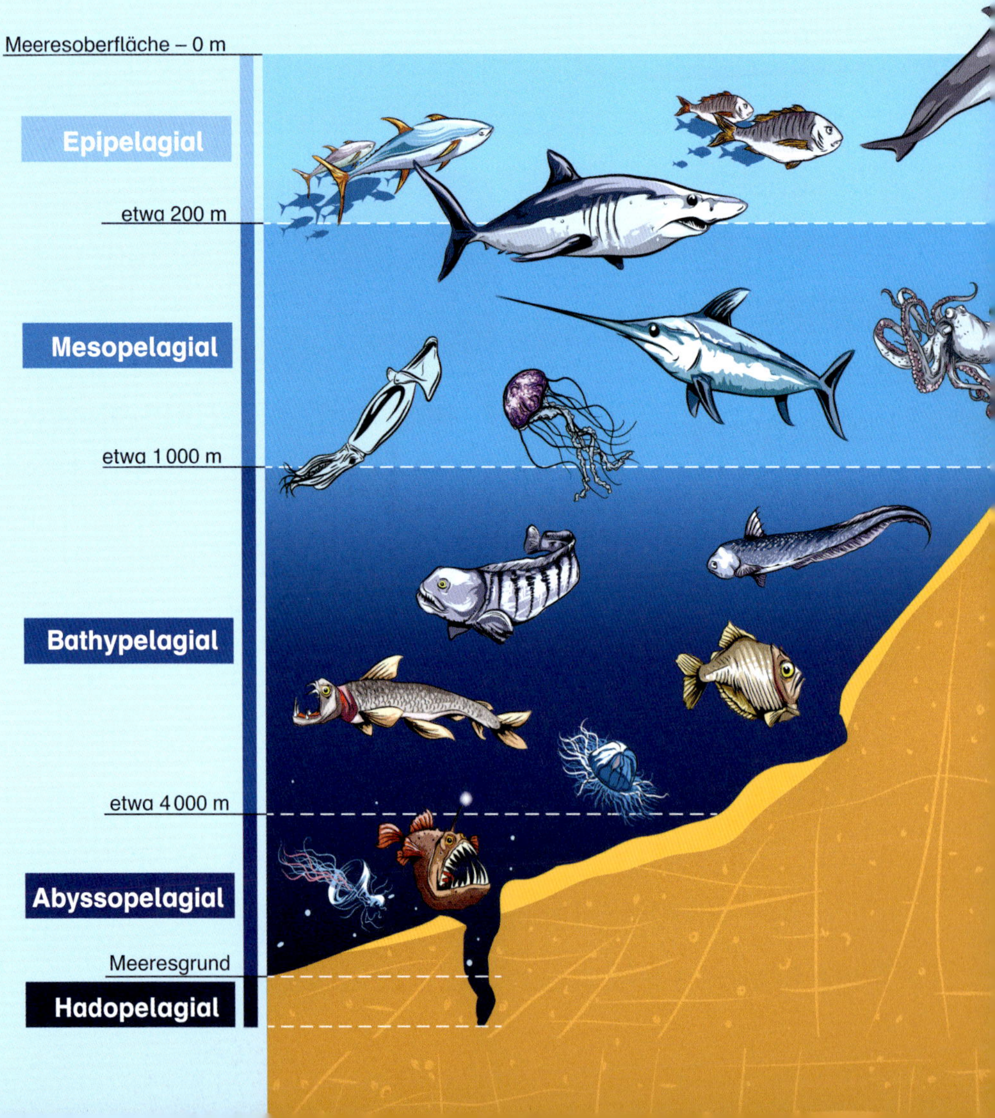

Meeresoberfläche – 0 m

Epipelagial

etwa 200 m

Mesopelagial

etwa 1 000 m

Bathypelagial

etwa 4 000 m

Abyssopelagial

Meeresgrund

Hadopelagial

Alle Meere, die Ozeane und mit ihnen die kleineren Meere, sind miteinander verbunden. Das Wasser der Weltmeere ist immer in Bewegung. Meeresströmungen transportieren ständig große Wassermassen durch die Ozeane. Das offene Meer wird nach Meerestiefen in fünf Zonen unterteilt.

Epipelagial	helle Zonen mit vielen Pflanzen, Algen und Tieren, zum Beispiel Seesterne, Seegurken, Würmer, Schnecken, Fische, Muscheln und Säugetiere wie Robben und Wale
Mesopelagial	Dämmerzone: viele Tiefseetiere, zum Beispiel Anglerfische, Krebse, Schnecken, ab hier gibt es keine Pflanzen mehr
Bathypelagial	hier beginnt die dunkle Zone mit angepassten Tierarten wie Krebsen und Anglerfischen
Abyssopelagial	Tiere wie Anglerfische und Quallen
Hadopelagial	angepasste Tierarten, zum Beispiel Borstenwürmer, Zehnfußkrebse, Seegurken und einige Fischarten wie der Scheibenbauch

Warum sehen viele Tiere der Tiefsee so außergewöhnlich aus?

In der Tiefsee ist es dunkel. Einige Tiere haben daher besonders große Augen. Sie können so das wenige Licht einfangen, das es in den oberen Regionen gibt. Das Auge des Kolosskalmars ist mit knapp 30 Zentimetern Durchmesser fast so groß, wie ein großes Lineal lang ist.

Der Fangzahnfisch hat ein großes Maul und die längsten Zähne aller Meeresbewohner. Beutetiere sind in der Tiefsee oft Mangelware. Daher ist es gut, wenn man praktisch jeden Happen verspeisen kann. Fangzahnfische können Fische fressen, die fast so groß sind wie sie selbst.

Fangzahnfisch

Warum leuchten Fische in der Tiefsee?

Manche Fische können mithilfe von leuchtenden Bakterien Licht machen. Anglerfische haben ein Leuchtorgan, das wie eine Angel aussieht. Die Bakterien, die darin leben, leuchten. Mit ihrer „Lampe“ locken diese Fische Beute oder Partner an. Oder sie nutzen sie, um Feinde abzuschrecken.

Was fressen die Tiere?

Einige Tiere leben räuberisch. Andere leben von toten Tieren und Pflanzen, die herabsinken. Viele Tiere schwimmen nachts in höhere Wasserschichten, um dort auf die Suche nach Nahrung zu gehen. Manchmal gelangen auch große Kadaver auf den Meeresboden. Sie werden von Krabben und Riesenasseln abgenagt.

Warum werden die Tiere vom Wasserdruck nicht zerdrückt?

Anglerfisch

Je tiefer man taucht, umso mehr Wasser drückt auf den Körper. In 3000 Metern Tiefe drücken auf eine Fläche, die so groß ist wie dein Daumennagel, 300 Kilogramm. Wie kommen die Tiere damit klar?

Tiefseefische besitzen keine harte Hülle, um dem Druck standzuhalten. Sie können vielmehr den Druck in ihrem Körper an den Außendruck angleichen. Dazu kommt, dass sie – anders als die übrigen Fische – keine luftgefüllte Schwimmblase haben, die zerquetscht werden kann. Die Fische zerplatzen daher, wenn sie an die Wasseroberfläche kommen, wo der äußere Druck fehlt.

Blobfisch

Was macht die Kälte mit den Tieren?

Die Tiefsee ist sehr kalt. In 1 000 Metern Tiefe ist das Wasser nur noch fünf Grad warm. Daher bewegen sich die Tiere der Tiefsee meist nur ganz langsam. Wenn sie Beute finden, greifen sie einfach mit ihren riesigen Mäulern zu.

Der Koboldhai fängt mit seinem großen Maul Beute.

Wie überleben Schwämme in der Tiefsee?

Schwämme leben seit Millionen Jahren in allen Meeren. Die Tiere wachsen langsam, bewegen sich kaum und brauchen nicht viel Nahrung. So kommen sie in der Tiefsee klar. Glasschwämme kommen bis in 7 000 Metern Tiefe vor. Sie leben von Bakterien, die sie aus dem Wasser filtern. Raubschwämme fangen ihre Beute mit Tentakeln.

Wissensquiz

Was fehlt hier? Setze die richtigen Wörter ein.

In der Tiefsee leben nur Bakterien, Einzeller und ________________, keine ________________. Um Licht einzufangen, haben einige Tiere besonders große ________________ entwickelt. Manche können sogar selbst Licht ________________. Mit einem Taucheranzug kann man nicht in die Tiefsee tauchen, weil dort der ________________ viel zu hoch ist. Um mehr über die Tiefsee herauszufinden, benutzen Forscher ________________ und ________________.

U-Boot-Kapseln

erzeugen

Augen

Tauchroboter

Tiere

Pflanzen

Wasserdruck

Teste dein Wissen! Kreuze das richtige Kästchen an.

1. In wie viele Zonen werden Meere unterteilt?

a) fünf ☐

b) zwei ☐

c) acht ☐

2. Ab welcher Tiefe können im Meer keine Pflanzen mehr wachsen?

a) 1 000 Meter ☐

b) 200 Meter ☐

c) 300 Meter ☐

3. Womit können Anglerfische Licht erzeugen?

a) mit Taschenlampen ☐

b) mit besonderen Algen ☐

c) mit leuchtenden Bakterien ☐

4. Was passiert mit Tiefseefischen, wenn sie an die Wasseroberfläche gebracht werden?

a) Aufgrund der Helligkeit werden sie blind. ☐

b) Sie fangen an zu schwitzen. ☐

c) Da der äußere Druck fehlt, platzen sie. ☐

Lösungen: Tiere, Pflanzen, Augen, erzeugen, Wasserdruck, Tauchroboter, U-Boot-Kapseln
1. a), 2. b), 3. c), 4. c)

Was ist ein Seebeben?

Ein Erdbeben im Meer nennt man Seebeben. Erdbeben entstehen, wenn sich die einzelnen Platten der Erdkruste ruckartig gegeneinander verschieben. Das kann an Land genauso passieren wie unter Wasser. Die Erdkruste ist die oberste feste Schale der Erde.

Was ist ein Tsunami?

Bebt die Erde unter Wasser, kann sich der Boden des Meeres nach oben schieben und das Wasser hochdrücken. Dabei entstehen große Wellen, die sich im flachen Wasser an den Küsten immer weiter auftürmen. Sie werden Tsunami genannt. Tsunamis entstehen bei Erdbeben mit einer Stärke von mindestens 7,0 auf der Erdbeben-Skala.

Warum sind Tsunamis so gefährlich?

Auf die riesigen Wellen, die die Küstengebiete überfluten, sind die Bewohner an den Küsten oft nicht vorbereitet. Deshalb starben bei dem Tsunami im Dezember 2004 im Indischen Ozean rund 230 000 Menschen. Am 11. März 2021 beschädigte ein Tsunami in Japan mehrere Atomkraftwerke. Die Region wurde radioaktiv verseucht.

Der Tsunami im Dezember 2004 sorgte für große Zerstörung in Indonesien.

Kann man sich vor Tsunamis schützen?

Es gibt Frühwarnsysteme, die die Stärke von Seebeben messen. Computer rechnen aus, wo, wann und wie stark der Tsunami an die Küsten trifft, und lösen Alarm aus. Wenn man Glück hat, ist das Beben weit entfernt im Meer. Dann bleibt genug Zeit für die Flucht.

Gibt es am Meeresboden Vulkane?

Vulkane gibt es unter Wasser und an Land. Sie entstehen, wenn sich extrem heißes, flüssiges Gestein aus dem Erdinneren seinen Weg durch die Erdkruste bahnt und sie aufbricht. Besonders viele Vulkane gibt es dort, wo zwei Erdplatten zusammenstoßen. Wahrscheinlich gibt es unter Wasser mehr Vulkane als an Land.

Wenn im Meer Vulkane ausbrechen, können neue vulkanische Inseln oder Inselgruppen entstehen. Auch Hawaii, eine Inselkette im Pazifik, ist vulkanischen Ursprungs. Dort sind bis heute drei Vulkane aktiv.

Hawaii ist durch Vulkanausbrüche im Meer entstanden.

Was passiert, wenn ein Vulkan unter Wasser ausbricht?

Bei einem Vulkanausbruch tritt heißes, flüssiges Gestein aus, die Lava. Passiert das tief unter Wasser, kühlt das Wasser die Lava schnell ab. Bricht der Vulkan dicht an der Wasseroberfläche aus, erhitzt sich das Wasser. Es wird als heißer Dampf mit Asche und Staub in die Luft gewirbelt.

Geysire sind heiße Quellen, die ihr Wasser als Fontäne ausstoßen.

Gibt es unter Wasser heiße Quellen?

Wo Vulkane sind, gibt es meist heiße Quellen – das ist auch im Meer so. Sie werden Hydrothermalquellen genannt. Sie bilden bis zu 60 Meter hohe Schlote, aus denen das heiße Wasser austritt. Die Schlote entstehen, da sich die in dem heißen Wasser gelösten Mineralstoffe bei Kontakt mit dem kalten Wasser absetzen.

Was sind Schwarze Raucher?

Schwarze Raucher gehören zu den Hydrothermalquellen. Hier steigt schwarzes Wasser aus Schloten vom Meeresboden auf. Bei Schwarzen Rauchern enthält das heiße Wasser aus der Tiefsee viele Eisensalze. Sie färben den Rauch dunkel. Lagern sich diese Mineralstoffe ab, entstehen bis zu 20 Meter hohe, dunkel gefärbte Schlote.

Gibt es Leben in der Nähe der Schwarzen Raucher?

Die ersten Schwarzen Raucher wurden erst 1977 in etwa 2400 Metern Tiefe entdeckt. Rund um die Schlote fand man eine Lebensgemeinschaft aus Bakterien, Krebsen und Würmern. Insgesamt fand man dort rund 300 Tierarten.

Gibt es auch unter Wasser Wasserfälle?

Im Meer vor Mauritius scheint es tatsächlich einen Wasserfall unter der Wasseroberfläche zu geben. Aber eigentlich sind diese nach unten stürzenden Wassermassen nur eine optische Täuschung. Gewaltige Wasserströmungen des Indischen Ozeans spülen den Sand vor der Küste weg und in tiefere Regionen des Meeres.

Aus der Luft kann man den „Unterwasser-Wasserfall“ am besten sehen.

Was sind Kaventsmänner?

Kaventsmänner sind riesige Wellen, die vom Wind erzeugt werden. Auf dem Meer können sie mehr als 30 Meter hoch werden. Auch unter Wasser kann es Monsterwellen geben, die bis zu 200 Meter hoch sind. Lange Zeit hielt man diese riesigen Wellen für eine Erfindung von Seeleuten.

Was ist das Bermuda-Dreieck?

Das Bermuda-Dreieck ist ein Seegebiet im Atlantik. Angeblich verschwinden dort immer wieder Schiffe und Flugzeuge spurlos. Ein Grund könnte das Gas Methan sein. Es liegt hier eingelagert in gefrorenem Wasser – in Methanhydraten – unter dem Grund des Meeres. Das Methan kann sich bei Druck und Temperaturänderungen aus den Hydraten lösen. Dann verliert das Wasser an Dichte und kann die Schiffe nicht mehr tragen. Sie gehen unter.

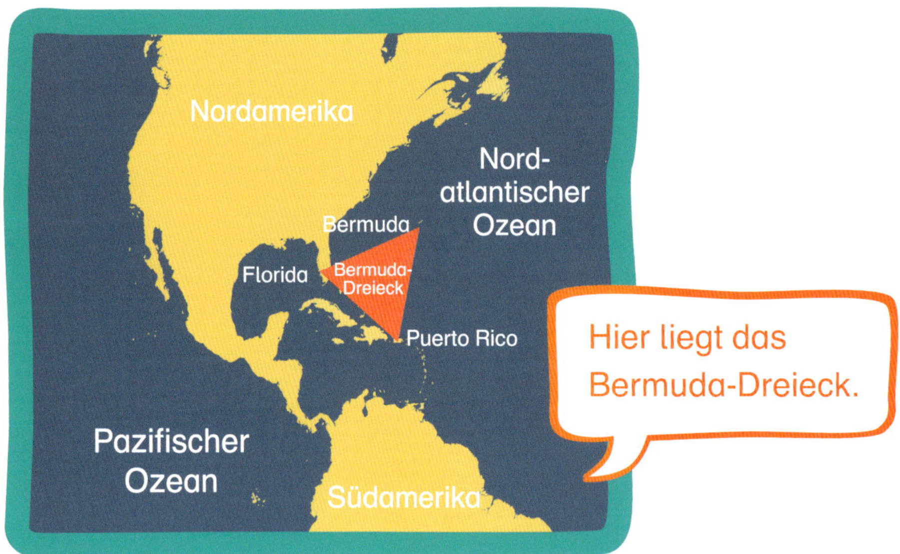

Viele Fachleute halten allerdings nichts von der Gefahr des Bermuda-Dreiecks. Sie sind der Meinung, dass es gar nicht stimmt, dass hier besonders viele Schiffe und Flugzeuge verschollen sind.

Können Strudel Schiffe in die Tiefe ziehen?

In Meerengen ist das Meer sehr schmal. Hier fließt das Wasser bei Ebbe und Flut mit einer Geschwindigkeit von bis zu 40 Kilometern pro Stunde hin und her. Dabei entstehen Strudel. Badende und kleinere Schiffe können durch die Strudel in die Tiefe gezogen werden. Sie werden buchstäblich verschluckt.

Warum sind Eisberge so gefährlich?

Was wir von einem Eisberg sehen, ist nur ein kleiner Teil. Der größte Teil ist unter Wasser. Schiffe müssen deshalb einen weiten Abstand zu Eisbergen halten. Sonst kann es passieren, dass sie unter Wasser einen Eisberg rammen. Dieser kann das Schiff schwer beschädigen.

Wissensquiz

Was fehlt hier? Setze die richtigen Wörter ein.

Wenn ein ____________________ sehr stark ist, entstehen im Meer große Wellen, die man ____________________ nennt. Bei einem Vulkanausbruch tritt heiße ____________________ aus. Durch Vulkanausbrüche unter Wasser ist die Inselgruppe ____________________ entstanden. Im Bermuda-____________________ sollen viele Schiffe untergegangen sein. Man vermutet, dass ____________________ eine Ursache dafür ist.

Seebeben   Dreieck   Lava

Hawaii   Methangas   Tsunami

Teste dein Wissen! Kreuze das richtige Kästchen an.

1. Wie nennt man ein Erdbeben unter Wasser?

a) Wasserbeben ☐

b) Seebeben ☐

c) Ozeanbeben ☐

2. Wie nennt man die Quellen, aus denen schwarzes Wasser austritt?

a) Schwarze Raucher ☐

b) Schwarze Kamine ☐

c) Schwarze Schlote ☐

3. Was ist ein Kaventsmann?

a) ein dicker Mann, der gern schwimmt ☐

b) eine riesige vom Wind erzeugte Welle ☐

c) ein als Seemann verkleideter Mann ☐

4. Was stößt ein Geysir aus?

a) Lava ☐

b) Asche und Staub ☐

c) heißes Wasser ☐

Lösungen: Seebeben, Tsunami, Lava, Hawaii, Dreieck, Methangas
1. b), 2. a), 3. b), 4. c)

Gibt es das Ungeheuer von Loch Ness wirklich?

Seit Jahrhunderten rätseln die Menschen, ob im Loch Ness ein Seeungeheuer lebt. Loch Ness ist ein großer See in Schottland. Besucher haben seit fast 100 Jahren immer wieder verdächtige Beobachtungen fotografiert.

So stellt man sich Nessie vor.

Wissenschaftlerinnen und Wissenschaftler konnten zeigen, dass die Fotos gefälscht waren. Trotzdem hält sich das Gerücht bis heute. Viele Menschen glauben, dass in dem See Saurier überlebt haben. Dafür gibt es aber keine Beweise. Möglicherweise leben große Aale im Loch Ness. Bis heute hat jedoch niemand einen solchen Aal gesehen.

Gibt es im Meer Bodenschätze?

In der Tiefsee liegen Manganknollen. Sie enthalten neben Mangan und Eisen auch wertvolle Metalle wie Kupfer, Kobalt und Nickel. Bisher forscht man noch daran, wie man diese Rohstoffe aus dem Meer holen kann.

Wo ist die tiefste Stelle im Meer?

Der tiefste Punkt der Erde liegt unter Wasser. Der Marianengraben im Pazifischen Ozean ist über 2000 Kilometer lang. An seiner tiefsten Stelle ist er über 11000 Meter tief. Der höchste Berg der Welt ist der Mount Everest. Er ist nur 8848 Meter hoch. Würde man ihn in den Marianengraben versetzen, läge sein Gipfel immer noch mehr als 2000 Meter unter der Meeresoberfläche.

Bis heute sind nur wenige Menschen im Marianengraben gewesen.

Was passiert mit einem Schiff, wenn es untergeht?

Man schätzt, dass rund drei Millionen Wracks auf dem Meeresgrund liegen.

In Stürmen und Kriegen gehen viele Schiffe verloren. Oder die Schiffe laufen auf ein Riff auf. Wenn ein Schiff untergeht, sinkt es auf den Grund. Die meisten Wracks liegen in den Ozeanen. In und auf den Wracks leben Pflanzen und Tiere.

Manchmal werden Wracks von Sand und Schlamm verschüttet. Ein Glücksfall, denn darunter gibt es kaum Sauerstoff. So bleibt das Holz gut erhalten. Die Vasa sank 1628 auf ihrer ersten Fahrt in der Ostsee. Mehr als 300 Jahre später konnte sie fast komplett geborgen werden.

Nachbau der Vasa

Wo liegen die größten Schätze?

Im 16. Jahrhundert eroberten die Spanier Amerika. Sie erbeuteten große Schätze und segelten damit nach Europa. Viele der Schiffe gingen im Atlantik unter. In einem der Schiffswracks fand man 900 Silberbarren, 127 000 Silbermünzen, 120 Kilo Gold und etwa 1 000 Edelsteine.

Wie können U-Boote unter Wasser verschwinden?

U-Boote wurden lange mit Diesel betrieben. Neben dem Dieseltank besaßen sie Tauchtanks. Wenn das Boot untertauchen sollte, wurde der Tauchtank mit Wasser gefüllt. Dadurch wurde das Schiff schwerer und tauchte unter. Zum Auftauchen musste das Wasser wieder aus dem Tauchtank gepumpt werden. Moderne U-Boote werden mit Atomkraft betrieben.

Der Untergang der Titanic

Die Titanic war das größte Passagierschiff ihrer Zeit. Sie galt als unsinkbar. Am 10. April 1912 legte die Titanic in Southampton ab. Sie wollte mit 2200 Menschen an Bord von England nach New York reisen.

Eine Überfahrt über den Atlantik in einem großen Schiff voller Luxus konnten sich damals nur sehr reiche Leute leisten. In der dritten Klasse konnten auch ärmere Auswanderer reisen.

Am 14. April gab es bereits morgens Warnungen vor Eisbergen. Um 23.40 Uhr sah ein Wachmann einen Eisberg. Wenige Sekunden später stieß die Titanic mit dem Eisberg zusammen.

Das Schiff wurde unter Wasser aufgeschlitzt. Sie lief vorn mit Wasser voll und geriet in Schieflage. Um 0.45 Uhr legte das erste Rettungsboot ab. Kurz nach zwei Uhr verließ das letzte Rettungsboot die Titanic.

Etwa 1 500 Menschen waren noch an Bord. Zweieinhalb Stunden nach dem Rammen des Eisbergs sank die Titanic. Rund 1 500 Menschen starben. 700 Passagiere überlebten den Untergang.

Erst 1985, also 73 Jahre später, wurde das Wrack gefunden. Es liegt 3 800 Meter tief am Meeresboden im Atlantischen Ozean. Forscherinnen und Forscher fürchten, dass Bakterien das Wrack immer weiter zerstören.

Können Städte im Meer untergehen?

Wenn sich der Meeresboden senkt, etwa bei einem Erdbeben, der Wasserspiegel ansteigt oder beides zusammenkommt, dann können ganze Städte oder Stadtteile im Meer versinken.

Das berühmteste Beispiel ist Atlantis, eine sagenhaft reiche und schöne Stadt auf einer Insel vor der Küste Afrikas. Von dieser berichtete der griechische Philosoph Platon vor mehr als 2000 Jahren. Bisher konnten die Forscher die Stadt jedoch nicht finden.

Aber auch starke Fluten sind zerstörerisch: Rungholt, eine Siedlung an der Nordseeküste, wurde 1362 von einer Sturmflut zerstört.

Kann man unter Wasser noch Reste von Städten finden?

Baiae in der Nähe von Neapel ging vor etwa 1 800 Jahren unter. An diesem Ort suchten die römischen Kaiser und reiche Bürger Erholung. Heute kann man in einem archäologischen Wasserpark die gut erhaltenen Ruinen bestaunen.

Gibt es Ruinen aus unserer Zeit unter Wasser?

Wo heute ein Stausee ist, gab es früher oft ein Dorf. Dieses lag neben dem Fluss, der aufgestaut wurde. Als die Staumauer fertig war, überflutete das Wasser die Häuser. 1950 entstand in Südtirol der Reschensee. Von den Häusern gibt es nur noch die Fundamente, die meist unter Wasser liegen. Der Kirchturm ragt bis heute aus dem Wasser.

Vom alten Dorf Graun ist nur noch der Kirchturm zu sehen.

Wissensquiz

Was fehlt hier? Setze die richtigen Wörter ein.

Im Meer gibt es viele wertvolle ____________________, wie Nickel, Kobalt oder ____________________. Die größten Schätze werden im ____________________ vermutet. Ein Schiff, das unter Wasser liegt, nennt man ____________________. Die bekannteste Stadt, die untergegangen sein soll, hieß ________________. Auch heute verschwinden Dörfer oder Städte unter Wasser. Das passiert, wenn man einen ____________________ anlegt.

Stausee

Kupfer

Atlantis

Metalle